Brevedad habitada

Brevedad habitada

Publicaciones Entre Líneas

Brevedad habitada

Primera edición, 2018

Composición y diseño interior y de cubierta:
Pedro Pablo Pérez Santiesteban.

Maquetación y primera revisión de texto:
Margarita Polo Viamontes

Imagen para cubierta y logo de la autora de:
Armando Tejuca

© Cecilia Díaz, 2018
© Publicaciones Entre Líneas, 2018

ISBN: 978-1718609570

Miami, Florida, EE.UU.
www.publicacionesentrelineas.com

Este libro no podrá ser reproducido ni total, ni parcialmente.
Todos los derechos reservados por su autora.

«La brevedad es el alma del ingenio»

William Shakespeare

*Para mis padres e hijos que son la luz de mis ojos.
A mi amado esposo, que es la alegría de mi vida.
A la inteligencia superior que unifica y armoniza.*

*Para mis amigos y familiares.
A la energía del amor, que guía mi vida.*

¡A ti lector!

Crítica sobre este libro y su autora

Brevedad habitada, ha sido un éxito en ventas por la editorial Entre Líneas a través de Amazon y mantiene excelentes críticas literarias y reseñas de recomendación por parte de los lectores. Debido a esto la Editorial Hispana, la seleccionó como una de las cien escritoras más destacadas en Iberoamérica y el Caribe, para incluirla en su Antología anual 2018, también ha sido nominado al Premio de Literatura en Español "Carmenluisa Pinto 2018", en la categoría Narrativa ficción.

Toque al corazón del lector

Con su libro *Brevedad habitada*, la escritora Cecilia Díaz logra su gran sueño. Escribe microrrelatos desbordantes de misterios, intrigas y otros condimentos más, que hacen de su narrativa una buena opción para reflexionar sobre disímiles aspectos de la vida diaria. A veces, toca momentos existenciales del ser humano. Otros son temas sociales, humorísticos o macabros, pero todos con una solidez en la entrega que provocan un toque directo al corazón del lector.

Leyendo esta obra de Cecilia, me llegó a la memoria, el microrrelato, catalogado el más famoso del mundo, escrito por el cuentista hondureño, Augusto Monterroso dando una profunda enseñanza a la humanidad con solo siete palabras: «*Cuando despertó, el dinosaurio todavía estaba allí*». Muchos de mis contemporáneos lo escuchamos por primera vez, en la clase de Literatura Universal en la Universidad de La Habana, en la década del setenta.

De entonces acá ha llovido bastante, con textos de los grandes escritores hispanos como son Juan José Arreola, Leopoldo Lugones, comenzando por Augusto Monterroso, o los propios Jorge Luis Borges y Julio Cortázar, quienes, a lo largo del siglo XX, elaboraron disímiles micro cuentos, cuento brevísimo o mini cuento, denominaciones, que se les otorga a los textos literarios cuya principal característica es la brevedad de su contenido. Popularizándose en el presente con el auge del Internet.

No por breve es menos compleja su creación, pues el autor se somete a una gran presión para describir en pocas palabras lo que desea transmitir al lector, dándole un toque directo al corazón, con genialidad y belleza.

Esa forma de expresión no es novedad, se realiza desde el comienzo de la literaria universal, por ejemplo, la sumeria, con los Textos de los Sarcófagos Egipcios, en los haikus orientales, los epigramas latinos, epitafios ingeniosos o las Greguerías de Ramón Gómez de la Serna, cuyas características principales son la metáfora, la ironía y el humor.

Cecilia Díaz meticulosa en sus tareas siempre, estudió largo tiempo sobre el tema, elaborando una y otra vez sus textos, para lograr que lleguen a la perfección anhelada por ella y que el lector se sienta agasajado por el respeto a su entrega. Consiente, además, del creciente interés de los expertos por el microrrelato, la calidad de las publicaciones y la utilidad que posee para el público, pues la prisa de la vida moderna requiere leer en breve tiempo buenas obras literarias.

Lic. Margarita Polo Viamontes
Publicaciones Entre Líneas

Honrar la vida

La señora Esperanza, con su sombrero rosa, camina descalza sobre la arena. Como confidente el mar, al cual le cuenta:

—Puedo decirte los golpes que me da la vida, las veces que mirando las noticias pregunté «*¿Dios, por qué permites tantas desgracias?*» Jamás recibí respuestas. Trato de hacer lo mejor que puedo por mí y por los demás. Mantengo mi fe en que hay un plan mayor. Tu poder me contagia, provocando en mí, estas promesas: No me detengan o me digan que no puedo. Mi férrea voluntad por ser feliz me supera. Algunos transitan por esta vida, muertos. Mis ojos vibran en la explosión de colores que armonizan, me fundo en la naturaleza, persiguiendo versos hacia el infinito. Amando, ¡Dios! ¡Amando hasta la locura! La risa es música en el viento que revolotea en mi cara. Bailo embriagada de alegría, que quiero repartir como trofeos. Con intensidad voy a vivir mi vida, porque solo tengo una y esta oportunidad.

Esperanza, satisfecha se aleja, su sombrero es solo un punto en la distancia.

Afuera, algo lo llama

Domingo, frente a la ventana en un soleado día, contempla el camino con ansias de escapar del hastío. Hace el recuento de su vida, lo que antes era importante, perdió valor. Mira a su familia como si no perteneciera a ella, ajeno a todo lo que pasa. Comprende, que definitivamente ya no es su hogar. Afuera, algo lo llama, ni siquiera sabe qué es.

Una inalterable decisión emerge; no puede seguir allí, porque su alma perece, nadie es culpable ¡es la vida!

Cierra la puerta tras de sí, mira al cielo azul, inhala muy hondo, como si con nueva energía volviera a nacer.

Se otorga, la libertad reprimida.

Ella y Yo

Ella, espera temerosa en la sala de emergencia del hospital. **Yo,** la miro, quedo fascinada con la oportunidad que ella misma me entrega ¡es tan joven y bella!

Ella, me presiente al acecho, su frágil cuerpo tiembla, desfilan por su mente los últimos acontecimientos de su vida, piensa ansiosa y adolorida: Iba en el carro, junto a los amigos, escucha sus risas... observa cómo se pasan la botella de alcohol de mano en mano.

Ella, ahora me percibe sin verme.

Yo, codiciosa la observo, disfruto su impaciencia, levemente la rozo.

Todos despavoridos corren para auxiliarla.

Ella, muy débil suspira.

Yo, siento una irresistible atracción, me provoca abrazarla. Tengo prisa por poseerla.

Ella, no puede resistirse a mi abrazo, en su último aliento exclama:

—¡Maldita muerte!

Identidad

Se despreciaba a sí mismo, aburrido de la vida repetía cada día la misma rutina: procurar sus alimentos, recorrer el vecindario y cuidarse de los depredadores. Observa por la rendija del restaurante «¡*Me gustaría ser un humano!*» El roedor suspira, sigue su camino husmeando en la basura.

Necesidades de un ángel

Fernando era narcotraficante y vivía en constante peligro, pero confiaba en su Ángel de la Guarda, ya que siempre salía ileso de todas las transacciones que hacía con los peores criminales de la ciudad. Ese día decide irse de compras, y se entretiene enamorando a una bella joven dependienta del lugar. Su ángel confiado por lo inocente de la situación, satisfecho de que al fin tenía un descanso, se dirige al comercio continuo, atraído por los olores de los inciensos y las flores.

De pronto un sicario apareció y le disparó a Fernando a quemarropa, dejándolo muerto en el lugar. El ángel al ver lo ocurrido exclamó:

—¡Siempre me dan el peor trabajo, estos humanos no permiten un tiempo libre a nadie!

Antesala a la muerte

¡Se lamentaba de tantas cosas! Por no haberse arriesgado más en la vida, ni luchar por el hombre que amaba. Esperaba la muerte en aquella cama del hospital, la enfermedad consumía sus huesos.

¿Esto era todo?, se preguntaba. La vida se le pasó como en un suspiro, postergando proyectos. Ahora comprendía que no valió la pena atormentarse con lo que no estaba en sus manos resolver. Hubiera querido ser mejor esposa y madre. La prisa cotidiana limitó recrear momentos, viajar, extasiarse en la naturaleza ¿Cuántas veces encontró excusas para no cumplir sus sueños? No han sido suficientes los «te quieros» y abrazos.

Interrumpe sus pensamientos, cuando la nieta entra en la habitación y la abraza, ella toma sus manos y mirándola a los ojos le dice:

—Mi niña, yo sé lo que está pasando.
—Abuelita, usted siempre preocupada.
—Vaya a ese viaje, luego, puede ser demasiado tarde.

Apetecible

La vio llegar y sentarse en un banco del parque, rodeada de flores parecía un dibujo, tan linda y apetitosa. Empezó a caer la noche y opacó el dibujo. Alcanzó para alimentarlo por unas semanas, luego de matarla, descuartizarla y guardarla por partes en su congelador. Hoy nuevamente se dirige al parque, necesita abastecerse de alimentos.

Infanticidio

Su hijo estaba indefenso y recién nacido cuando decidió comérselo. Al masticarlo con intensión de disfrutarlo mejor, empezó a saborearlo en pedacitos. Al terminar, el hámster se sentía satisfecho.

Química del amor

La veo venir etérea, su perfume se adelanta. Mientras habla, no la escucho, ni atino a nada. Enmarco el rostro para evocarlo. Me recreo en los labios, deslizo mis ojos que acarician sus pechos. Deja de hablar. No puedo apartar mis ojos mientras se dirige a su despacho. Suspiro profundo, preocupado pienso: «*¿Qué me dijo la jefa?*».

Trofeos

De las jóvenes extraía los ojos, quería conservar sus bellas miradas.

Todos los psicópatas atesoran sus trofeos.

Testigo

Me dijeron que no tenía que testificar, pero estaba decidida. Él, Incrédulo, me miraba desde el banquillo de los acusados. Mi testimonio era concluyente para condenar a mi hijo. Por primera vez, desde sus quince años, sé dónde duerme y cómo puedo ayudarlo.

Utopía

Observaba a través de la ventana, las hadas cabalgando en unicornios, el duende bebiendo de la fuente, algunos gnomos haciéndome burlas desde los árboles. Escribía, formábamos una simbiosis las letras y yo, era como cuando soñaba que podría lograrlo todo. Se acercan mis hijos, sigilosamente cierro la ventana.

El psíquico

El psíquico decía que sanaba, vendía promesas e ilusiones. Interpretaba lo irracional con sabiduría ancestral. Sin dudas confortaba en las tristezas y sembraba esperanzas. Su fama rápidamente aumentó los beneficios de vender magia. El día que se accidentó y murió, no logró vaticinar su desgracia.

Naturaleza muerta

Desesperada se lanzó al vacío, había perdido a todos. El bosque languidecía ante el paso del otoño.

Laberinto onírico

¿Qué puedo decir? Los sueños surgen y recorren los pasadizos de la mente. Muchos adquieren forma y volumen logrando salir, la mayoría se pierden para nunca volver.

Pirómano

«*No me comprenden*», eso pienso mientras me llevan a la cárcel. En mi solitario mundo de miedos, el fuego es pintar de colores el tiempo, exterminar los dolores, al menos… por un momento.

Miradas

Tenía unos bellos ojos azules y a Lisa le bastó una primera mirada para amarlo. Al principio, eran miradas de amor y pasión. Con el tiempo le inspiraba terror por lo que seguía: ofensas, golpizas, dolor. Sabía manipularla y suavizar su mirar para pedirle disculpas. La vida, era un círculo obsesivo de horror y perdón. La noche que decidió abandonarlo, mientras sus manos en el cuello la asfixiaban, en esa última y terrible mirada que él le dio, Lisa vio irse su vida.

Testimonio del tiempo

El anciano, vulnerable, frágil, lento su andar y escasos sueños. Su rostro surcado por el dolor y las experiencias. Lleva ojos vacíos de presente y llenos de antaño.

Los viajes del abuelo

Los países tienen alma, incluso Dharma y Karma, es por eso que algunos sufren más que otros. Al menos eso decía mi abuelo quien solía contarme historias sobre los lugares que visitaba cuando era joven. Escogía países donde la naturaleza era exuberante. Se deleitaba en describir los animales, la vegetación, los ríos y montañas. Una de sus aventuras más fascinantes, fue al convivir con una tribu indígena en el Amazonas. Muchos años después supe que abuelito jamás había salido de su tierra natal. Yo, no tengo dudas que viajamos juntos el mundo.

Incompatibilidad de cuerpo y mente

Mi cuerpo arde en deseos, me embriaga el éxtasis imaginándome desnuda entre sus brazos. Mientras se me acerca no puedo contener el temblor de mi cuerpo, me sube la temperatura, mi corazón se acelera. Llega frente a mí y hace la pregunta que espero. Siento que voy a desfallecer, sin poder evitarlo hago esa mueca de asco que me produce el *tic* nervioso que padezco. Rápidamente volteó sus pasos y no lo he vuelto a ver.

Presumida

El espejo comienza a temblar cuando ve acercarse a la mujer con el edredón morado. Le espera una terrible semana escuchando las quejas de la cama que, mirando su reflejo, se la pasa repitiendo que no le favorece la vistan de morado, porque se ve fea y gorda.

Muriendo lentamente

El humo se elevaba ligero al aire, las cenizas se esparcían. Sabía que el fuego consumía lentamente su cuerpo, lo disfrutaba rogando que no se terminara el cigarrillo.

Memorias

No puedo dejar de sentir nostalgia por aquellas cosas que alguna vez me hicieron tan feliz. El presente se desliza de mis manos como agua turbia. Mis pensamientos son cuchillos que atormentan. Me llegan las sabias palabras de mi madre: «*¿Dicen que hay que ser valiente para morir?*». Yo pienso que se muere día a día, y la valentía es soportar envejecer, mientras el alma sigue joven para crear. Por momentos descubro en el espejo, mi rostro surcado de arrugas, mi cuerpo devorado por el tiempo. ¿Cuántas veces la palabra amor revolotea entre mis labios para llevarla a un verso? Uno que nunca escribo. Frases que se contradicen, en ese libro que no termino. Algo es inalterable, ¡aún te extraño!

Ausencia

Se mudó a la nueva casa, la decoró y ocupó los espacios con muebles modernos. Por más que trae amigos y celebra fiestas. ¡La casa sigue vacía!

Separación

No hizo falta que me golpeara, duele como si lo hubiera hecho.

Dualidad

No todos llegamos a conocernos, pero sabemos que tenemos dos yo; uno que mostramos y el más oscuro, que yace escondido. Anoche, sin poder evitarlo, mostré mi otro lado y le recalqué:

—Hasta el sol que es luz, tiene dos caras.

Diamantes

Orgullosa presumía su collar, no sabía que, como la dureza de sus diamantes era el corazón de sus mercaderes y detrás del impresionante fulgor, había manos sangrando, frentes sudorosas, miseria y muerte.

Millonario

Sus amigos y subordinados lo halagan. Las mujeres hermosas le expresan su amor. Aunque ha vivido rodeado de lujos y atenciones, sabe que su vida es una gran mentira.

Chantaje emocional

Todo inicia desde niños: hazlo por mami, luego por Dios, los amigos, la patria, la empresa, por tu pareja. Debes darlo todo por los hijos, la humanidad ¿Por ti?

Duda

Salí indeciso por la puerta, entonces desesperado me detuvo, sosteniéndome por el brazo y preguntó:

—¿Es cierto?

Logré zafarme, sin contestar apresuré los pasos para alejarme, mientras pensaba:

—¿Podría ser?

Los olvidados

Los niños buscan en los basureros desperdicios para comer. La anciana, sola en la habitación sin alimentos, ni lumbre para protegerse del frío. La madre con hijos pequeños, golpeada por el marido. Víctimas de guerras, aludiendo un Dios, a la medida de cada bando. Mendigos deambulan dando el toque de tristeza y desolación a la ciudad. Todos son invisibles, tienen la esperanza de una ayuda que nunca llegará.

Sabia naturaleza

El abuelo pasa los días balanceándose en el sillón del portal, absorto en sus recuerdos, solo los interrumpe para sus necesidades diarias. Escucha a su nieto decir:

—¡Pobre abuelito, ya está senil!—

Él sonríe, sabe que vive intensamente su vida una y otra vez. Rememora desde que era un mocoso allá por su pueblo haciendo travesuras, los refranes de la abuela, el día que conoció a su esposa. Aún se le hincha el pecho al recordar la imagen de cada uno de sus hijos al nacer, la fortaleza que le daban para enfrentar la vida. También cuando se hizo popular y decían: *¡Esos chistes de Genaro!* Ahora vive feliz, transitando en sus recuerdos. En la noche, cuando se retira a su cuarto, las voces del pasado lo acompañan y lo arropan las manos de su madre.

Arcángel Miguel

Percibí el inusitado aroma a flores que inundó el lugar, cuando después de vencer en otra de sus batallas, el príncipe de la luz hizo su aparición, seguido por su Legión de Ángeles. Liderando su ejército se enfrenta sin descanso, para proteger la humanidad de la maldad que esparce Satán y sus discípulos. Por eso, a pesar de las guerras, vicios y apegos, prevalece el bien y sigue imperando la luz.

Cita para después

Mi madre llora, solo piensa en que mi cuerpo se está quemando. Le digo que no me duele, pero no me escucha. Está tan triste mirando mis fotos, quiero consolarla, pero tampoco me ve. Mi papá, mi hermano Jorgito y mis abuelitos también desconsolados no dejan de abrazarse. A veces discutía con mi familia, ahora me gusta saber cuánto me quieren. Recorro la casa, entro en mi cuarto, pero no deseo escuchar música, ni encender mi computadora. Tengo que despedirme, sin embargo, no sé a dónde ir. Aquí el tiempo pasa sin notarlo. Mi familia está depositando las cenizas en un lugar oscuro, les digo: «eso no soy yo, estoy aquí, no se preocupen, porque ya no tengo miedo». Estoy bien, pero ellos no lo saben y ya debo irme. Siento mucha paz, y esa luz que me atrae. Algo me dice que volveré a verlos.

Decisión

El dolor y la tristeza hacían su andar pesado. Esa mañana enterró el pasado, y encaminó sus pasos hacia una nueva vida. Aquel día, eligió la alegría.

Oda a la nostalgia

Adela disimulaba con una sonrisa la tristeza que vestía su alma, plagada de la soledad de su insostenible rutina. No lo percibí, acomodado en mis costumbres. El doce de enero abandonó el hogar que yo creía perfecto.

En busca del silencio

Los ruidos de la humanidad le hacían daño. Estaba muerto en su irrelevante vida.

Redes Sociales

Los curiosos están felices, ya no tienen que salir de la casa para enterarse de todo y compartir las historias.

Tiempo

Certero y veloz; *tic tac tic tac* ¡ya pasó!

Extraterrestre

El Extraterrestre sale de su pequeñita nave, su mayor deseo ha sido siempre descubrir mundos. Saluda al humano, pero en este planeta su voz es inaudible. El hombre lo sostiene en su mano, está fascinado con ese raro mineral, lo derrite y hace una bella joya. ¡Se cumplió su sueño, lo llevan viajando por toda la tierra!

Muerto vivo

Me desperté muerto de miedo, soñé que estaba muerto.

Dilema resuelto

Cuando vio la babosa le surgió la brillante idea: Solo tenía que desprenderse de su pesada carga.

Ocaso

La vejez te reduce participar, intensifica la necesidad de alejarte y observar el panorama total.

Depende de la elección

La madre al terminar de leer un cuento a su hija, le dice:

—Los libros te educan y te ayudan a lograr el éxito.

El abuelo, mirándolas por encima de sus espejuelos, agrega:

—No siempre, hay que saber escogerlos.

Todo no es lo que parece

Son hermanas Vida, Enfermedad y Muerte. Dios sabiamente las envió a la Tierra. Vida tiene unos ojos que cambian de colores, es bella, alegre, con mucha energía, pero también puede ser terrible, a veces vengativa. Enfermedad es gris, frágil y dolorosa. En cambio, Muerte, aunque todos le temen, posee unos preciosos e intensos ojos negros, resulta misteriosa, muy atractiva para los poetas y un enigma para los científicos. Lo cual provoca la envidia de sus hermanas. Cuando Enfermedad es terminal y Vida no otorga días, ni esperanzas, Muerte acude para ayudar a los humanos. Los envuelve en la belleza de sus ojos, para liberarlos del sufrimiento, demostrando ser la más compasiva.

El Coco discriminado

¡Estaba desalentado! Antes tenía poder en cada casa, disfrutaba el miedo y gritos de los niños cuando los padres amenazaban:

—¡A dormir, que viene el Coco!

Ahora, le aterra la mirada diabólica de los chicos. Están poseídos por unos aparatos con luces que producen todo tipo de sonidos.

Siente temor de que lo vean, se esconde presuroso bajo la cama.

Inocencia

Llama a su madre que no contesta, la ve tendida en el suelo, toma sus juguetes y se pone a jugar a su lado, mientras la sangre embarra sus piecitos desnudos.

El secreto de Avatar

En la Biblioteca Central de California encontré un mensaje. Impresionado lo entregué al bibliotecario que sonriente me contestó: «*No se preocupe, es común encontrar la misma nota cada año, de seguro es algún joven chistoso haciendo bromas*» La misiva decía así:

> *Si está leyendo esta nota,*
> *no crea que es un juego,*
> *por favor ¡ayúdeme!*
> *Me llamo Henry Smith.*
> *Desde que descubrí el secreto*
> *en los manuscritos,*
> *estoy en mi propio Avatar atrapado*
> *en la dimensión de la película.*
> *He logrado anualmente hacer tangible esta señal,*
> *usando el Unobtainium en un ritual bajo*
> *el Árbol de las Almas.*
> *Solo James Cameron puede sacarme de aquí.*

Final

Sin tomarse de las manos, caminaron por las calles de París. No se miraron, ni pronunciaron palabras. Cada uno en su propio mundo.

Cría cuervos

Definitivamente tengo que admitir que no puedo vivir sin ella. Necesito sus abrazos. Mi vida es un caos, me alimento con comida chatarra, la casa está desordenada, ando sucio. Todas las relaciones que encuentro son mujeres presumidas aprovechadas, siempre las comparo y por supuesto salen perdiendo.

La llamo diariamente, pero cuando me pregunta cómo estoy, no le digo de volver, aunque muero por estar a su lado y comer sus asados. Es mi amor, jamás voy a encontrar una mujer igual. Él, se interpone entre nosotros, pero no la merece, ni aprecia sus cualidades. Hoy fui a visitarla y lo invité a tomarnos una cerveza, ella estaba satisfecha de ver que tratábamos de llevarnos bien.

Fingiendo un accidente lo lancé a las vías del tren, tal como deseaba, falleció al instante. ¡Ya ves papá, he madurado! No olvido que me fui de casa por tu culpa: «*tienes que madurar, ya eres un hombre*» me dijiste. Con tu muerte, ahora ella me necesita más que nunca. Por fin, regreso a casa con mamá.

Desencuentro

Se fue lejos muy lejos de sus padres para ser ella misma y encontrarse. Después de mucho viajar y aprender, regresó a sus raíces, para reencontrarse y ser ella misma.

Desde el otro lado

No pueden violarse las reglas. Es prohibido tener contacto, aún no están listos para saber que hay vida en el más allá. Los observo, están felices celebrando el fin de año, menos ella, que, aunque sonríe, su alma me extraña, a veces me habla. Si pudiera decirle que no hay dolor. Su vista se detiene en el cuadro donde está mi fotografía, no puedo evitar rozarlo y cae al piso. Sin poder contenerse empieza a llorar mientras dice:

—Mi amor, yo sé que estas aquí.

Manos

Acarician y no dejan de moverse. Agiles protegen. Juntas, adoban el picadillo que alimenta la familia. Elixir que sana, son las manos de la madre.

La Luz de sus ojos

Después de un año escolar, no es el mejor lugar para vacacionar y divertirse, pero ella regresa allí, feliz todos los veranos. Sabe que la espera, añora abrazarla, acariciar su cabello cano y mirarse en la luz de sus ojos.

Duda razonable

Mientras Rebeca está en el trabajo, su amante yace en una camilla de la morgue, donde el esposo que es el forense desmiembra el cadáver y pone los paquetes en la basura. Justo en ese momento, la mujer del amante se encuentra en la comisaria denunciando la desaparición. Se descubren los restos en el basurero de la ciudad. En la investigación certifican la hora de muerte. Todos tienen una coartada.

El último viaje

Ha pasado su vida viajando, visitando lugares inimaginables. Se acompañaba de sus ansias por vivir y descubrir. Hoy, una oscura sombra le avisa que no le concede tiempo para más. En este último viaje, su mente recrea las instantáneas grabadas de algunos paisajes, satisfecho expira.

La mejor Luna de Miel

Los novios sentados ante la pantalla de la computadora planean su viaje de Luna de Miel. Revisan las páginas Web de viajes que muestran un paraíso de posibilidades. Él le pregunta:

—Amor ¿cuál es tu lugar preferido?

A lo que ella amorosa responde:

—Donde tú estés conmigo.

El campeón

Era el campeón mundial en salto largo, al fin logró su obsesión de ser famoso. Toda su vida había soñado con este momento, verse parado delante de todos recibiendo su medalla de oro. Sin embargo, no podía engañarse a sí mismo, sabía las trampas hechas para alcanzar la cima.

Múltiples personalidades

Hace dos meses le dieron el alta, le dijeron que era un individuo sano y no representaba un peligro para la sociedad. Por varios años había permanecido recluido en un centro psiquiátrico debido a episodios de su vida que no recordaba. Según los médicos había sufrido desorden disociativo de la identidad, pero ni siquiera comprendía bien lo que significaba.

Hoy, está muy asustado, fue testigo cuando Jorge asesinó a una joven y lo escuchó haciendo un complot con Luis, para alterar los frenos de su carro y eliminarlo.

Evidente

Se vistió a la moda, y se maquilló con los mejores cosméticos. Previamente había acudido a la peluquería y le hicieron un buen corte y peinado. Entonces se miró al espejo, era imposible esconder la tristeza de sus ojos.

Buscando la mejor dieta

Estaba furioso, por culpa de los humanos, ahora es gordo y padece del colesterol alto. Drácula, decidió alimentarse solo con los vegetarianos.

A las pruebas me remito

Cuando me dijo loco le respondí:

—Los locos de hoy son los genios del mañana.

Mentira política

El pueblo cansado del sistema luchó para tener democracia. El nuevo gobierno dice que representa al pueblo. Sabemos que es una dictadura represiva.

Sin disfrutar el premio

¡Qué bien se siente vencer a todos para salvar a una exuberante y bella mujer! ¡Soy un Dios! Ella agradecida, viene hacia mí completamente desnuda, al fin voy a recibir mi premio. Apasionados empezamos a besarnos, estoy que ardo en deseos

Entonces, me despiertan los gritos de mi esposa:

—¡Otra vez, te quedaste dormido con el televisor encendido!

El elegido

Pinocho estaba orgulloso, era el preferido para consejero del gobierno.

El destino

El abuelo sentenció:

—No hay desvíos, hacia él nos dirigimos.

Error garrafal

La maestra escribió en la pizarra:

Mas, sin embargo, él es el más mejor de todos los mejores.

El diablo

Decidió subir a la tierra para convivir un tiempo con los hombres. Aterrado descubrió que podría perder su reinado. Existen muchos humanos peores que él.

Complicado

La chica en la terapia le replica al psicólogo:

—Siempre me aconsejas: «*enfrenta tus miedos*», pero... ¿cómo afrontar lo que no ves?

Avance cibernético

Hoy el mundo despertó con la alarmante noticia:

En el cielo y el infierno ya tienen computadoras, investigan el historial de los humanos mediante las redes sociales. A partir de ahora los pedidos de almas serán más rápidos.

Consecuencias

La frágil figura del bebé, toda dulzura. Ahora es desahogo del dolor de quienes deben cuidarlo: golpes, insultos, rencor. Crece así el demonio, como reflejo de la realidad que lo rodea.

Enamorada

En su mirada iluminada, todo danza y canta. Su melódica risa, hace vibrar su cuerpo intensamente. Su entorno cambia, los colores de la vida son más bellos.

Todo se acaba

No temas sufrir por amor, la mayoría no te ve, están navegando en Internet.

Imprescindible e impredecible

Existen por mí, pero cuando me ven furioso, temen y corren aterrados. Puedo a mi antojo, descontrolar los mares, derrumbar impresionantes edificaciones, acariciar un rostro, curiosear bajo la falda de una chica, ser suave y provocar el éxtasis del primer aliento de vida o el último de la muerte. Soy el aire.

El Don

La princesa Catalina recorre los jardines mientras piensa: «*Ellos creen que yo no los veo, pero desde niña tengo el Don para ver los fantasmas. Lo curioso es que, con el tiempo, sus atuendos han cambiado, ahora andan casi desnudos*».

La más deseada

No se mira a los espejos, ese rostro que hoy viste su alma, no lo reconoce. El cuerpo admirado y deseado por tantos hombres se marchita. Ahora, sola, sentada en la barra, busca con la mirada provocativa, mientras pasan por su lado, indiferentes. Dejó de ser la más deseada. Las jóvenes son su competencia en la discoteca, se burlan de ella, tal como antaño ella hacía con las más viejas. Una vez, mientras ella se reía, un hombre le dijo que la amaría hasta la muerte, le propuso sacarla de esa vida para formar un hogar con familia. Ella creyó entonces, que sería joven para siempre.

Depende la hora

El niño temprano en la mañana camina despacio hacia la escuela, observa su sombra reflejada en el pavimento, en las paredes y piensa: «*¡Uf, qué grande! seguro quiere asustarme para que me apure*».

Al regresar de la escuela vuelve a mirar su sombra, desconcertado exclama:

—Tú debes tener mucha hambre, igual que yo.

Noche de copas

Despertó con resaca, no recuerda nada de la noche anterior, ni reconoce el lugar. Hay mucho desorden, seguro provocado por una pelea. Tiene el presentimiento que algo malo ha sucedido. Percibe un desagradable olor metálico, sin poder contenerse comienza a vomitar. Recorre la habitación con la vista, ve un cuchillo ensangrentado en el piso, sigue el rastro del viscoso líquido que lo regresa a la cama donde yace un cuerpo, retira la sábana que lo cubre. Aterrado retrocede, tropieza con el espejo que le devuelve su imagen todo cubierto de sangre. Ahora sabe que está en casa y la muerta es su esposa.

Tal cual

Rodríguez le dice a su amigo Carlos:

—El domingo me encontré con Román.
—¡De veras! ¿Ha cambiado? De niños en la escuela nos daba golpes y nos quitaba la merienda.
—Ahora está más alto y fuerte. Me apuntó con un arma y me quitó el dinero.

Esencia

Impresionantemente bella, culta y joven. Cuando hablaba, contaminaba con su perfume de azufre.

Dúo inseparable

El detective Sherlock Holmes conoce a una bailarina exótica y decide irse de parranda. Temprano en la mañana regresa solo y tambaleándose. Sin poder evitarlo, cae escalera abajo, por lo que presuroso su fiel aliado acude para ayudarlo, mientras le pregunta:

—Señor ¿está usted borracho?

A lo que el detective contesta:

—Elemental querido Watson.

Emitiendo energías

La familia siempre estaba triste, sombría, ni siquiera los niños se reían. Hasta que descubrieron el secreto: la madre adobaba la comida con frustraciones, miedos y desesperanza.

Nulidad

El libro de su vida estaba en blanco, solo vivía de apariencias.

Estrategia publicitaria

Todo comenzó cuando una reportera del New York Times, lo publicó. Eran cinco las personas que se habían suicidado, por eso lo apodaron el pozo siniestro. El alcalde, con el deseo de atraer turismo dijo: «*El pozo tiene su magia, permite a las personas despojarse del dolor y los miedos, estamos orgullosos de tenerlo*». Desde entonces el pueblo ha progresado y el número de suicidios sigue creciendo.

Escritor suicida

Se quiere matar cuando olvida una idea para sus narrativas.

Aires de grandeza

No permitía hablar, solo ella hablaba, hablaba, hablaba sin parar, sobre sus cualidades y éxitos. No se daba cuenta que producían mareo y asco sus buches de vómito verbal.

La obra de su vida

Las emociones son los personajes en el escenario de su mente. Cambian de papeles, unas veces son buenos, neutrales o malos. Es la espectadora, aunque a veces se involucra en la trama, les ofrece nuevas perspectivas y toma las decisiones.

El gato con botas

El gato se escapó del cuento, ahora quiere que sus ropas y las botas sean de marca reconocida de un diseñador famoso.

Mirando diferente

Era ciego de nacimiento, pero eso no le impidió vivir a plenitud, tener éxitos en los negocios y en su vida privada. Estaba casado con una invidente y tenía un hijo con la misma condición. Le dieron la grata noticia que, para su padecimiento específicamente habían logrado muchos avances y podrían devolverle la visión, aunque eso no era posible para su esposa e hijo. Ni siquiera lo pensó, respondiendo:

—Mi familia no se separa, vivimos felices en nuestro propio mundo.

Arrepentimiento

La nostalgia la acaricia de vez en cuando, evocando recuerdos escondidos con sigilo en la memoria. Como un perfume de tristeza visita el ayer, aquella cita en la cabaña, decidida a abandonarlo todo por él. En noches de pasión planearon cumplir sus sueños para descubrir el mundo. No lo esperó, de cara al miedo, le faltó el valor, regresando a su perenne rutina.

Instante

Sabíamos que era pecado, ambos estábamos casados, pero cuando nos besamos eso no importó, instantáneamente, el tiempo se detuvo, el mundo desapareció.

Ausencia

Desperté y el dolor seguía en mí.

Resumen de la cotidianidad

El maestro de sociología impartía su clase, cuando se percata que uno de los alumnos, ensimismado, escribiendo en su cuaderno, no le presta atención. Contrariado, se dirige hacia él, cogiendo de la mesa el cuaderno, lee en voz alta:

«NACES y eres la felicidad de la familia (a veces) APRENDES a caminar, hablar y todos satisfechos (a veces). ESTUDIAS, graduándote de la universidad (a veces). VIVES diferentes etapas: AMOR, TRAICIÓN, SUFRES. Llega el matrimonio, HIJOS, compras casa, coches, viajas (a veces) si te casas, casi de seguro tienes un divorcio, quizás te vuelves a casar y tienes más hijos. TRABAJAS. Cometes mil errores, te llenas de DEUDAS y CULPAS. También a veces tu vida es una ¡PORQUERIA! Llega la dolorosa VEJEZ (Seguro) Entonces, lo que más tememos, la MUERTE o quizás... ¿Un nuevo COMIENZO?».

Todos aplauden

La llamada

La joven echa las últimas monedas de su bolso en la ranura del teléfono público, para hacer una llamada. Del otro lado responden:

—Hola —se emociona al escuchar la voz, cierra sus ojos y suspira para controlarse.
—Mamá, soy Gina.
—Mi niña ¿cómo estás? Hace días que no me llamas. Desde que te fuiste estoy muy preocupada, dicen que la ciudad es muy peligrosa.
—Estoy muy bien mami, trabajo en una tienda. Si vieras qué lujosa. La dueña me quiere mucho y vivo en un apartamento muy cómodo. Pronto mando dinero para tus medicinas, y que le compres ropas a mi hermanito.
—¡Ay, hijita gracias! ¿Qué sería de nosotros sin ti? Cuídate por favor, te quiero mucho.
—Te quiero mamá, te llamo otro día.

El proxeneta, se le acerca y la golpea en la cara por no estar trabajando. Ella se limpia las lágrimas. Retoca de rojo sus labios, y sale a la esquina esperando al mejor postor.

Evasión

¡Por fin se le cumplía su sueño! Estaba bailando con Raúl. Se había pasado todo el curso escolar esperando que la invitara. Se miran enamorados, él se le acerca suavemente para besarla.

Abre los ojos, cuando su madre toca la puerta de su cuarto y le reprocha:

—Llevas todo el día en la cama, necesito que me ayudes en los quehaceres de la casa.

Volvió a cerrar los ojos, ¡tiene que besarlo antes que regrese su mamá!

Destino

Se había propuesto vivir cien años. Hacía dietas, ejercicios, no fumaba, ni tomaba bebidas alcohólicas. Evitaba mojarse en la lluvia, o hacer algo que representara algún peligro. No mantenía relaciones duraderas con parejas o amigos, ni escuchaba las noticias. Todo con el objetivo de cuidarse emocionalmente. Practicaba meditación, yoga y taichí.

Hoy publicaron su obituario, decía: «Murió atropellado por un camión que traspasó la verja de su casa».

Comunicación

La pareja se amaba, pero sus divergencias los incitaban a repetir acaloradas discusiones. Ninguno escuchaba razones, tratando de superar los gritos del otro. Era como si hablaran dos idiomas diferentes.

No hay vuelta atrás

El hombre remaldice su soledad y suerte. Se esmera en su trabajo, en hacer buenas acciones con su familia y amigos, pero no percibe que lo valoren. Está tan furioso que no siente amor por la vida. De pronto, un ruido ensordecedor, sirenas, voces. Él, se observa desde arriba mientras se aleja de su cuerpo, al que transportan en una ambulancia a la morgue, donde lo declaran muerto. Su esposa e hijos lloran desolados. Acuden al velorio todos sus familiares, amigos, incluso los desconocidos. Las muestras de dolor son impresionantes. Escucha al cura comentar muy bajo:

—Nunca había tenido un servicio para un fallecido, al que amaran tanto.

Incrédulo grita:

—¡Estoy vivo! —nadie lo escucha, ni lo ve. Trata de entrar en su cuerpo físico, sin lograrlo.

Incrédulos

Los niños, escuchan a sus padres discutiendo acaloradamente. El padre le reclama a la madre porque ya no le contesta el teléfono, ni le presta atención cuando llega del trabajo.

—Tienes descuidada la casa y a nuestros hijos—le repetía.

La madre, llorando contesta:

—Perdóname, lamento herirte, pero es una obsesión. Definitivamente no puedo vivir sin él. Lo necesito a todas horas. Con él soy feliz como nunca, saca de mí lo mejor y peor. Incluso me arreglo para hacerme fotos para él. Aprendo cosas que ni sabía que existían. Es mi psicólogo, al que le cuento todo. Me siento como una famosa estrella, protagonista de mi novela. ¡Hasta tengo personas que me siguen!

Los niños salen del cuarto muy asustados. El hijo mayor pregunta:

—Mamá ¿vas a dejar a papá? ¿Quién es ese hombre?

La madre apenada responde:

—Facebook.

Prisma

Estaban reunidos en una sesión de grupo en la iglesia, a la que acudía Rodolfo a pedido de su madre que le repetía:

—Hijo, vas directo al infierno.

Desde joven había llevado una vida libertina, bebía como pez, le gustaba parrandear, viajar y le fascinaban las mujeres. Una vez estuvo a punto de perder la vida en manos de un esposo ofendido. Ese domingo cumplía dos meses asistiendo al grupo. Mientras escuchaba los testimonios de algunos que acudían por varios años, comenzó a observarlos detenidamente. No se les notaba felices, tenían un halo gris, la risa se les había escapado de sus rostros. Aquellas reuniones más bien parecían una competencia semanal, donde ganaba el que peores problemas podía contar. El aire le comenzó a faltar y se levantó para irse. El ministro le preguntó:

—¿A dónde vas?

A lo que Rodolfo contestó:

—Regreso a mis pecados.

Coleccionista

Observa a las personas mientras recorre las calles, bares y tiendas. Le gusta verlos besarse y analiza cada beso: apasionados, formales, morbosos, indiferentes, castos, enamorados, traviesos; son muchos y de todo tipo. Él los va coleccionando, cuando llega a su casa los recrea en su memoria. Esta vez, todos le pertenecen.

Tangible

Insistentemente le decían:

—Ubícate en el mundo real, corres el riesgo de ser el loco que se cree sus fantasías.

En su mundo de sueños sabe que de estos nace la realidad, quienes no viven en la verdad, son aquellos que nunca se dieron el tiempo para soñar.

Reencarnación

En mi viaje a Europa visité un famoso museo. Una foto añejada por el tiempo me atrajo irresistiblemente la atención, en ella había un grupo de personas de otra época y entre ellas estaba yo.

Testigo de asesinato

El pintor en su impuesta soledad se acompañaba de una mosca a la que apodó El Grito, como burla a la famosa obra de arte, del pintor Edvard Munch, la que consideraba excesivamente cara y ridícula. La tenía amaestrada, dándole terrones de azúcar y juntos, vigilaban por la ventana a los vecinos, con los que engarzaba historias para llevar a sus lienzos.

Tocan a la puerta y entra Genaro, el joven que le abastece la despensa, coloca los mandados y ¡Puah! de un solo manotazo elimina a su mosca, esta vez la cara del artista es la fiel expresión del valor de la obra.

Unos nacen para cumplir sueños, otros para inspirarlos

—Los escritores se mueren de hambre, bájate de las nubes y estudia una carrera donde ganes buen dinero.

Le decían sus padres y amigos cuando lo veían escribiendo historias. Solo su vecino Fernando confiaba en sus sueños.

—Eres especial, ten fe y persevera, yo sé que vas a lograrlo.

Pasaron los años y sus libros figuraban entre los más vendidos a nivel mundial. Un día decidió regresar a su barrio para agradecer a su vecino. Lo encontró sentado en la esquina de siempre, mientras le decía a un joven:

—No dejes que nadie te robe tus sueños

Sin adversarios

Para ostentar ser los más poderosos exterminaron a todas las razas y el hábitat del Universo. Orgullosos de ser los vencedores, no soportaron la imposibilidad de mostrarlo a alguien y perecieron en la oscura soledad de la devastación.

Latente

Hoy tiene la certeza, ya no hay la duda en la que estaba sumida, lo que late dentro de ella y crece en su vientre, es una nueva vida.

Fiel

—¡Destruyes mis historias!

Le dice el libro a la rosa que yace disecada entre sus hojas. Ella espera, sabe que es recordada y vendrá a buscarla, quien quiso detener por siempre un instante.

Volvemos al principio

El niño llora nervioso, se ríe feliz, pasan las navidades, escuelas, amigos, se cae, novias, la primera vez, miedos, inseguridad, excusas, mentiras, pelea, gana, pierde, frustraciones, hijos, su cuerpo no le responde, muertes que duelen, la gente pasa indiferente, olvidos, vuelve a ser niño.

La vida sigue igual

En ese Universo, él es importante. Durante años ha estado afrontando el miedo, ha sido testigo de amores, tristeza, abusos, la soledad, desesperación, éxitos. Desfilaron padres orgullosos, otros decepcionados. Todos se marchan, él sigue allí. Eso piensa, mientras limpia los baños de la escuela donde es el conserje.

Oficio

La mira dormir apacible mientras se va vistiendo. Yace satisfecha y desnuda sobre la cama. Aunque tiene algunos años más que él, no deja de ser atractiva. Abandona la habitación del hotel, tiene cita con otro cliente, a ese le gusta que sea un ladrón que entra por la ventana.

Identidad perdida

Cuando pronunció su primera palabra: «mamá», dejé de ser yo.

Paquete postal

El abuelo cayó muerto de un infarto cuando vio a su nieto abriendo el paquete postal que él, por veinte años, tenía escondido bajo llave. El día que lo recibió, por fuera decía: «No se atreva a abrirlo o recibirá una maldición».

Mala idea

El día que creyó sería el más feliz de su vida, ahora puede ser el último. Los niños lo golpean hasta dejarlo casi muerto, lo tienen maniatado, mientras le preguntan:

—¿Dónde están los juguetes?

Llorando y suplicando por su vida repetía:

—Solo me disfracé para darle una sorpresa a mi hijo. ¡Santa Claus no existe!

Los niños defraudados acabaron con Santa, por mentiroso y ladrón.

Las pruebas

Como un minucioso detective, durante veinte años, ha recopilado las pruebas, enumerándolas en la carta que quiere dejarle a su familia, en ella les explica los motivos para suicidarse.

El peligro asecha

Afuera me están asechando y ya no tengo alimentos, me he comido a toda mi familia.

Temor oculto

En todos los recodos oscuros presiento que alguien agazapado me está vigilando. Es un temor que me sigue desde niña. No le he contado a nadie, pero jamás he tenido el valor de voltear a mirarlo, solo me escabullo rápido.

Piel de cordero

Se retracta para no herir al otro, aun teniendo la razón. Su cara angelical la invade de ternura. Entrega todo en cada acción, pero si decide cobrar, es preferible no haberlo conocido.

Para seguir en casa

Enviaba mensajes atrevidos por *whatsApp* a su compañera de trabajo que los aceptaba satisfecha. Sus palabras dulces eran para la jovencita de la recepción. Se excitaba con su vecina Rosita, tenía un cuerpo que lo volvía loco. Al llegar a su casa, disfrutaba la cena junto a su esposa, satisfecho de que los mejores recuerdos de su vida habían sido a su lado.

Resignación

Hoy le dieron el alta del hospital, como otras de las tantas veces que ha estado ingresado, los doctores le dieron muchas recomendaciones sobre cómo cuidar su salud y la alimentación. Aceptó resignado, sabe que volverá a mendigar en el parque donde duerme cada noche, abrigado por las estrellas.

Hogar

La casa lleva años en busca de familia funcional.

El buen samaritano

Camina entre los transeúntes que esperan en el andén, para elegir al que tuviera el semblante más angustiado. Solo le lleva unos segundos, mira alrededor para evitar que lo vean y sutilmente lo empuja a los rieles, justo al llegar el tren. Sonríe satisfecho, otro más que libra del sufrimiento.

Vacío

Mantiene la misma rutina, se levanta a las seis, desayuna y sale a comprar el periódico. Hace tiempo que se jubiló, se entretiene dando vueltas por el barrio hasta la hora de la cena en la que acostumbraba llegar a su casa, donde ya nadie lo espera. Hace dos años su esposa murió y sus hijos se marcharon. Teme volverse loco cuando duelen los ecos de su memoria, que no lo dejan conciliar el sueño.

Final feliz

Al fin termina su jornada laboral, detesta su trabajo. Llega a la casa, sus hijos no lo saludan y su esposa le esquiva el beso que intenta darle. Se refugia en su oficina, feliz de escribir historias donde siempre triunfa el amor.

Certero

Era un maestro del verbo para herir. Se deleitaba con la reacción de su interlocutor, hasta el día que Rodolfo, un perspicaz adolescente, lo puso en ridículo.

¿Hay vuelta atrás?

La mayoría antes de pasar los límites de lo permisible, enfrentan un debate mental para decidir: infidelidad, asesinar, hurtar, mentir, etc., etc., etc., …

Decepcionada

Alicia siempre dudaba del amor de Leandro, quien le mostraba de mil formas cuanto la quería. En su aniversario, él le dijo:

—Te amo tanto que moriría por ti.

A lo que ella presurosa contestó:

—Eso tengo que verlo para creerlo.

Sin pensarlo mucho, en ese afán de demostrarle a su amada cuanto la quería, se quitó la vida dejándole una nota suicida:

«Este es mi regalo por nuestro aniversario, ya no puedes dudar de mi amor».

Ella leyó la carta y decepcionada, replicó:

—No es nada especial, el final de todos es morir.

Buen corazón

No quería herirlos y decidió compartir su amor con ambos.

Indecisión

Estoy esperando, pero él me sigue soñando.

El Ratoncito Pérez

El Ratoncito Pérez se afilió a un sindicato pidiendo justicia. Decidió demandar al gobierno por permitir que, por tantos años, siga sufriendo en el mismo cuento, donde cae en la olla por la golosina de una cebolla. ¡No es justo! En definitiva, ni le gustan las cebollas y menos las cucarachas.

Increíble

Soñar que mueres y despiertas al amanecer.

Sexo entre ángeles

El éxtasis de un milagro.

El premio

Crecían planetas en los arcoíris, todos hermosos y diferentes se exterminaron entre sí. Al final fuimos los grandes ganadores, cuando miramos derredor tanta devastación.

El mayor miedo

Solía pensar que el mayor miedo de un niño era perderse o estar en la oscuridad. Hasta el día, que pretendiendo conocer mejor a mi hijo le pregunté:

—Mi niño ¿cuál es tu mayor miedo?

A lo que él contestó:

—Mami, mi mayor miedo es que tú no me quieras.

Lo peor de envejecer

Un día, mi padre con su mirada perdida en la distancia, me dijo:

—Hija, lo peor de llegar a mi edad, es que vemos morir a quienes amamos.

Oportuno

No dijo nada cuando en el aeropuerto le dieron los documentos equivocados. Miró su pasaporte y comenzó una nueva vida.

Lenguaje corporal

Sus labios le decían que no, pero sus ojos lo incitaban a proseguir.

Lo que no se dice

Dicen que de mi abuelo tengo las facciones toscas, de la abuela los ojos rasgados, el cuerpo de mi madre. Nadie menciona a mi padre, pero yo sé lo que todos piensan; de él heredé el carácter y ahora está en la cárcel.

Amorosa asesina

Lo que más disfrutaba, era tener a sus víctimas en los brazos mientras agonizaban.

Ángeles caídos

Algunos humanos son ángeles que por algún pecado perdieron sus alas y fueron castigados a una vida ordinaria. Es por eso la famosa frase: «Pareces un ángel caído del cielo».

Deseo mortal

La mira de soslayo cuando cruza el pasillo. Sus caderas ondulantes bajo la falda rasgada de un lado, deja ver su piel cobriza de sus bien torneadas piernas. Él es casado, pero está orgulloso de su fama de macho, tan mujeriego, que ninguna mujer se le resiste, aunque ella, parece no darse cuenta. Sueña con el ardiente cuerpo de su vecina, «La Lola», como le dicen.

La lujuria corta su aliento en las noches cuando sueña que la posee, mientras le hace el amor a su esposa. Hasta el día que decide penetrar en su cuarto para esconderse en el closet y espiarla. Ella entra, se ve muy cansada, ya no camina con tanta gracia. Se quita los tacones, se sienta ante al espejo y poco a poco retira las pestañas postizas, el maquillaje y la copiosa peluca, dejando al descubierto su cabeza rapada. Por sobre sus brazos saca el vestido y el brasier relleno en la copa, se dirige al baño, sin cerrar la puerta orina parado. Escucha un golpe seco a su espalda.

Un día después, se lee entre los titulares del periódico El Herald: «Muere de un infarto Gerónimo Alva, mientras le hacia el amor a Raúl Sánchez más conocido como «La Lola».

Felices los tres

Quiero ser como Adela, es tan bella, segura de sí y muy divertida. Ella es mi mejor amiga y se acuesta con mi esposo Jorge, pero no crean que lo siento como una traición. Adela se presta a complacer a mi esposo porque él es especial, tiene expectativas altas y ella me ayuda para que yo no lo pierda. Estoy practicando ante el espejo la forma de hablar de Adela. Cambié mi corte de cabello, maquillaje, asisto al gimnasio y voy por la tercera operación cosmética, con tal de parecerme a ella. Sé que mi esposo me adora y es tan bueno, que pacientemente aguarda mi transformación, hasta el feliz momento de disfrutar plenamente nuestro amor.

Virtud angelical

Inalcanzables, intangibles los presentimos a nuestro lado. Duendes del amor y la creatividad. Presentes en el desamor y la pérdida, para sostenernos el corazón sin quebrarse. Ángeles hacedores de milagros.

Soldados celestiales

Reclutados en las guerras, dolor, devastación. Siembran esperanza aromatizando y mostrando la belleza. Todo es inútil, los hombres se matan, saltan al vacío de la degradación y miseria. Aún los ángeles, persisten en el rescate.

Rival

Después de años de matrimonio me di por vencida con mi rival. Es la mayor locura de mi esposo, ha vivido a su lado, momentos de felicidad, furia, éxtasis y emoción. No le creí cuando me lo advirtió, el día que nos casamos, y me aseguró: «*Amor, para mí lo primero es el Fútbol*».

Esposo fiel

Visita a diario la tumba de su esposa, le lleva un ramo de rosas y se pasa horas sentado allí, a veces se le ve conversar. De niña, todos en el pueblo contaban su historia de amor. Parecían eternos enamorados. Ella murió aún joven, en un accidente, él no se volvió a casar. ¿Qué le decía a su esposa? Una tarde decidí escuchar y me escondí detrás de un arbusto. Su rostro era diferente, miraba fijamente la foto de su esposa en la lápida, mientras le decía:

—No puedes librarte de mí, no quiero que descanses en paz. ¡Nunca voy a perdonarte! querías abandonarme porque te golpeaba, era para enseñarte, ¡necia!, ¡estúpida! Fue tan placentero alterar los frenos de tu carro. Te lo prometí el día que nos casamos: «*hasta que la muerte nos separe*» y ya falta poco querida ¡pronto estaré a tu lado!

Intuición

Lleva días aterrada, presintiendo que alguien la está siguiendo. No puede verlo, pero sabe que está por allí, observándola. Esa noche regresa temprano a su casa, rápido cierra la puerta con varios cerrojos. Respira aliviada, estira la mano para encender la luz, queda petrificada. Desde la penumbra, ve unos terribles ojos acercándose.

Divergencia

Mi corazón lo llama, perdona sus mentiras y arranques de furia. Mi mente sabe que no debo, es un triángulo donde todos pierden y alejarme es lo mejor. Aposté por el amor, sabiendo que era casado.

Presagio

Decidió vivir lejos del mar, nunca disfrutó de las cálidas playas de Miami, la ciudad del sol, donde vivía. Tenía un sueño recurrente, se veía morir ahogada. El viernes, luego de trabajar, llegó a su casa exhausta, adolorida y deseosa de darse un baño. Se tomó un calmante y quiso romper sus miedos, por primera vez se metería en la bañadera. Recostó su cabeza en el borde de la misma, sumergiendo en el agua su bello y joven cuerpo. Allí se quedó rendida. De pronto, sintió una desesperante sensación de ahogo, pero no podía abrir los ojos, ni salir de la somnolencia. El agua terminó invadiendo sus pulmones.

Deseo concedido

Él se consideraba el más inteligente de los tres amigos y cuando la bruja le dijo: «*Pide tu deseo*», riendo de satisfacción, seguro de que nunca se arrepentiría, pidió la inmortalidad. Ella, sin dudar se la concedió. El joven se destacó a nivel mundial como el mejor atleta en deportes extremos. En una caída libre, su paracaídas falló, sus huesos se deformaron y llegó a las profundidades del mar. Decidieron que desde esas alturas nadie se podría salvar. Allí se quedó. Fue entonces que comenzó a implorar por la muerte.

¿Infidelidad?

«No puedo más, me atormentan las sospechas» —piensa Carlos, mientras conduce su auto. Hoy, cuando se marchaba al trabajo, escuchó a su esposa hablar con alguien en voz baja por teléfono. Observó que, al maquillarse, cantaba emocionada. Fue entonces que decidió seguirla, para salir de las dudas. *«Hace días que la noto diferente. Está feliz como nunca. A veces se acerca como queriendo confesarme algo, pero casi al momento se arrepiente»* —razona.

Ambos llegan a un lujoso edifico. Él espera que ella se baje del carro. Luego la sigue y la ve entrar por una de las puertas. Está tan nervioso que no repara en las personas sentadas en la sala de espera. Rápidamente abre la puerta, entra y de un tirón retira la cortina.

Allí estaba su esposa, recostada en una camilla, con sus piernas abiertas ante la cara de aquel hombre. Entonces escucha la frase:

—Señora, sus sospechas son ciertas ¡está embarazada!

Inconforme

El hombre, tenía una maravillosa familia que lo amaba, un buen trabajo y gozaba de excelente salud, sin embargo, sentía que algo le faltaba. Se marchó, dijo que iba en busca de la felicidad.

Sin palabras

Ella grita alarmada:

—¡¿Por qué cortaste tu cabello?!

Mientras le pega a su hija Rosy, de apenas seis años, que tiene en las manos su larga y rubia trenza. La niña asustada entre sollozos le responde:

—Mami a mí me crece, es para regalárselo a Mery, mi amiguita del hospital.

La madre recordó que el día anterior en la consulta médica, ella jugaba con una niña, a la que se le había caído todo el cabello debido a los tratamientos de quimioterapia para el cáncer. Orgullosa abrazó fuertemente a su hija.

Navidad

Hace años que evita entrar a los centros comerciales para no ver la luminosidad de los decorados navideños, ni las personas celebrando. Apaga la radio para no escuchar los villancicos. De nada le vale, el dolor habita por dentro. Evoca recuerdos engarzados a la tristeza que deja la ausencia.

Deseo navideño

Como cada año, en vísperas de las Navidades, Melisa fue al Orfanato para repartir juguetes a los niños. Al concluir la entrega de obsequios, decidió marcharse a su casa, donde su familia la esperaba para festejar. Cuando se dirigía a la salida, observó que uno de los pequeñitos, de aproximadamente siete años, con semblante de tristeza, miraba insistentemente la puerta. Se le acercó, y le preguntó:

—¿Qué esperas, mi niño? —las lágrimas presurosas recorren el inocente rostro del niño, que le responde:

—Le pedí solo un regalo a Dios, que hoy mis padres vinieran a buscarme.

Por culpa del pastel

La familia estaba feliz celebrando los cien años de la bisabuela. Le prepararon un bello pastel de cumpleaños para celebrarlo por todo lo alto. Acudieron algunos medios de prensa, pues llegar a esa edad es todo un acontecimiento. A la hora de soplar las velas, para poder apagar las cien de un solo soplo, el esfuerzo fue tan profundo que cayó muerta. La homenajeada fue el titular de los medios, que estrenaron exclusiva: «Anciana celebra su cumpleaños y muere el mismo día».

El poder de las lágrimas

Pasé por la casa de mi madre para despedirme. La mujer que yo amaba me había traicionado con mi mejor amigo y esa noche los mataría a los dos. No le comenté, pero ella me conocía y sabía que algo me pasaba. Me abrazó fuerte y comenzó a llorar:

—Hijo no lo hagas, confío en ti. Sé que crie un hombre decente.

Era la primera vez que la veía tan triste y llorando, eso conmovió mi alma. Lo decidí, mi madre no merece sufrir, nunca volverá a llorar.

Prólogo

Tenemos el poder de mostrarte el mundo y las galaxias, lograr que emerjan las emociones y develar los miedos ocultos. Darte una lección, alimentar tus fantasías y forjarte sueños. Juntos disfrutaremos las mejores aventuras. Te aseguro que cuando aspires este mágico olor, ya no podrás abandonarnos.

Firman: *Los libros*

Terrorismo

Empujando la silla de ruedas de su hijo Emilio, caminaba por los pasillos de la galería cuando una explosión los expulsó separándolos por unos metros, dando inicio al fuego. Emilio herido, pudo arrastrarse hasta su padre y comprobar que estaba muerto. Alcanza a ver la figura de un niño llorando, escondido en un recodo del local. Impulsándose con sus manos para deslizar sus piernas, logra llegar y calmar al pequeño. Entre la confusión de la algarabía y el humo que no permitían encontrar las salidas, convenció al pequeño para que se abrazara en su espalda y le dijo:

—Cierra los ojos, vamos a jugar a la guerra y que estamos evadiendo el fuego.

A rastras logra salir del local, justo cuando las llamas lo devoraban todo.

El pianista

Lo ven andar solitario, pero ella lo acompaña, marcando sus pasos con las notas. Está unido para siempre a su música.

Fin

Oscura y huraña anda rondando con su guadaña, no hay nada que puedas hacer, cuando ella viene por ti.

Sin identidad

Se había inventado tantos personajes que ya no sabía quién era.

Tiempo libre

Había trabajado muy fuerte, enfrentando miles de contratiempos y al fin pudo lograr todas sus aspiraciones. Ahora se pregunta ¿Qué hago con este aburrimiento?

Sin alternativas

Como última voluntad debí pedir que me incineraran. Aquí está oscuro y solitario.

Está aquí

Vive solo. A media noche lo despierta un rugido diabólico. Nervioso se dirige a la puerta de su cuarto, no enciende la luz. Cuando trata de abrir la puerta, en el picaporte, siente otra mano.

Concientización

La señora no recoge los desperdicios que se caen de su contenedor, mientras el hombre se deshace del vaso plástico lanzándolo por la ventana del auto. En la clínica comunitaria, un niño pinta las paredes ante la mirada indiferente de sus padres. Luego de limpiar el restaurante dejan afuera las bolsas de basura sin cerrar. Los medios de comunicación son el eco del pueblo criticando al gobierno por las malas condiciones higiénicas de la ciudad.

Mente científica de un hombre

Navegaba muy emocionado por el Triángulo de las Bermudas. Era un reconocido científico y quería demostrar que las leyendas sobre ese lugar eran falsas. De pronto todos los instrumentos dejaron de funcionar. En la proa aparecen unas bellas y exuberantes mujeres desnudas, que lo invitan a irse con ellas. Se siente muy excitado:

—Soy un profesional, no debo confiarme, ¡uhm!, ¿quién sabe? Puedo investigar y hasta ganarme un Premio Nobel.

No ganó el Premio Nobel, pero aumentó las estadísticas de los desaparecidos en el lugar.

Amigo imaginario

Les comenté a mis padres:

—Dice mi amigo que hoy va a matarlos.

Ellos contestaron:

—No te preocupes, de niños todos tenemos un amigo imaginario.

En la tarde, encontraron los cadáveres de ambos.

Voces del pasado

Buscando una dirección, toqué a la puerta, esta se abrió. Desde el interior provenían aterradores gritos y lamentos de niños. Muy preocupado decidí entrar y revisar. Un escalofrío recorrió mi cuerpo ¡no había nadie! Todo estaba en penumbras, sucio, con telarañas. Salí de allí aterrado. Afuera pasaba un señor que me dice:

—Esa casa lleva años abandonada, cuentan que ahí pasaron cosas terribles, antes era un Orfanato.

Sociedad

En las calles deambulan muertos, pidiendo ayuda sin escucharse. Muertos que se rigen por leyes inmóviles de gobiernos muertos, que no producen cambios. Los que ya se fueron y no podemos verlos, de seguro están vivos, en su propio espacio, felices por no seguir en este cementerio.

Zapatos de baile

Comenzó a bailar cuando se compró unos zapatos rojos brillantes. De tanto usarlos se pusieron viejos, desgastados en el tacón, ahora se veían opacos. Al mismo tiempo ella enfermó, no podía levantarse de la cama. Hasta el día que su padre le trajo sus zapatos de baile restaurados y los puso ante sus ojos. Mirarlos estimuló su alma, por fin, logró ponérselos nuevamente para bailar su último tango.

Matrimonio

Es en la noche, el único rato que no escucho sus reproches y duerme tranquilo como un niño, abrazándome. Hasta la mañana que endurece su rostro y se escabulle por la puerta, sin mirarme.

Bomba de tiempo

Mientras se maquilla, recorro los rasgos de su cara que antes amaba tanto. Ahora me provoca una mezcla de rencor y asco. Está hablando, pero no la escucho, sé que enumera todas las cosas por las que vive infeliz a mi lado. Evito discutir para no dar riendas a esta furia contenida. Con voz calmada le contesto: «*Lo que digas cariño*».

Sin arreglo

A Raúl se le escapó un «te odio» que no sentía.

Más claro ni el agua

Estaba en plena campaña electoral, quería ser el presidente del país. Su hombre de confianza le pregunta:

—Señor ¿qué hacemos con la familia Gómez? dicen que no venden sus votos.

—No es problema, los muertos no votan.

Mala suerte

Se sabía muerto, estaba consciente de la gravedad de su herida. Lo había meditado por meses, ideó un plan para el crimen perfecto. La estaba esperando cuando se le disparó la pistola. ¿Cómo pudo pasar? Él, era un experto en armas.

Nuevos finales

Se rompieron los libros mezclándose las historias, ahora Julieta anda viajando en el *Nautilus* de Julio Verne.

Sin títulos

Son los microrrelatos que no ha escrito.

Ira

La anciana en un monólogo exclama: «Ese maldito vecino, ojalá se muera, me tiene hastiada. El desgraciado se la pasa habla que te habla. Se mete en todo. Ya no puedo salir al portal, siempre quejándose porque mis matas se le meten por las ventanas, que le choqué su carro y le ocupo el parqueo. Un día lo voy a abofetear, no lo soporto. ¿Qué me pasa? Todo está oscuro, tengo mareos, ¡Ay! ¡Cómo me duele el pecho!»

Pereza

—Iliana, ¿qué haces viendo la pelota, si tú detestas el deporte?

—No me digas nada, que llevo horas viendo el juego por no pararme a buscar el control remoto.

Gula

Su doctor le dijo que debe bajar de peso, debido a sus problemas de salud, eso pensaba cuando la dependienta del restaurante se le acerca para recogerle la orden:

—Quiero una ensalada y un vaso de agua. ¿Sabe? Es que estoy a dieta.

Cuando la empleada se va a retirar, agrega:

—Espere, la ensalada que sea mixta y doble, le pone pollo, carne y extra queso. Por favor el aderezo también doble. En vez de agua me traes una soda baja en calorías y como estoy a dieta, por favor al final, de postre me pone un dulce pequeñito con helado. ¡AH! ¡Se le olvidó servirme el pan!

Suposiciones

Se pasó el curso escolar enamorado de Margarita, pero no se atrevía a decírselo, pensaba que ella no le correspondería. Era la más popular de la escuela, bella como una modelo de revista. La vio caminando de frente a él, llenándose de valor, se dijo que no dejaría pasar esa oportunidad y se le acercó mientras pensaba: «*Es tan linda ¿cómo se va a fijar en mí?*» Pidió disculpas y siguió caminando. Mientras la chica pensaba: «*Creí que me invitaría al baile, definitivamente, no le gusto*».

Impresión apresurada

En la oficina se descompuso el fregadero y llamaron al plomero, quien se encuentra de espaldas y agachado revisando las tuberías. La administradora se dirige a la cocina, solo logra ver sus manos, que laborando, estaban muy sucias. Se fijó específicamente que debajo de las uñas tenía desperdicios grasosos, lo cual le produjo repulsión: ¡*Qué asco!*, pensó

Cuando él se incorpora y la mira, ella se quedó sin voz. El plomero olió las feromonas.

No quiero herirlas

¡Jamás, he dañado a una mujer! Les contaba a sus amigos. Yo las cortejo, les hago el amor solo una vez y me marcho. Así evito que se enamoren y sufran. ¡Soy un buen hombre!

La cita

Durante todo el día Rafael comienza a recibir mensajes en su teléfono de una chica desconocida. Quedaron en una cita. Emocionado se acicaló y acudió al encuentro. La dirección lo conduce a una funeraria. Se siente muy confundido, al instante recibe otro mensaje de ella: «*Entra, quiero que vengas conmigo. Estoy al final, en el ataúd*».

Devastados

Los soldados regresan de la guerra: en las batallas perdieron sus almas.

No sé si hay un mañana

Él comenzó a hacer planes para su futuro, ella besándolo apasionadamente, le dijo:

—Solo tiene sentido el AHORA.

Límites

Por retener una estrella, dejé de disfrutar los millones que engalanan el Universo.

Existencial

Uno de esos extraños días que preguntas a Dios y repasas sueños que bostezan de aburrimiento; sola, aunque rodeada de miles de cuerpos que como ríos se desvían por las esquinas. Es entonces que surge esta sed de ideas para microrrelatos.

Celos impredecibles

Desde que ella llegó a sus vidas lo desplazó del lugar privilegiado, dejando de ser el centro de atención de la familia. Su mami ya no le da mimos, se la pasa en cama quejándose. Él decidió ayudarla deshaciéndose de la intrusa. Espera que duerman los padres. Sigiloso camina hacia la cocina, sube en una silla y coge el cuchillo más grande de la gaveta. Dirige los pasos al cuarto acercándose a su madre, se destaca su prominente vientre. Él clava el cuchillo donde vive su hermanita.

Descubrimiento

Lorena siempre había sido una buena persona, cumplidora de la ley, se guiaba por los preceptos de la iglesia. En su corazón no existía envidia, celos, ni odio, era pura de cuerpo y alma, como una santa. Nunca hubiera creído que sería capaz de hacer daño, le dolía exterminar las cucarachas, porque consideraba que todos estamos en este mundo por un motivo. Cuando encontró en su cuarto a su novio Franco con Lilia, su mejor amiga, no lo pensó dos veces: se dirigió al sótano, escogió un hacha y les quitó sus vidas, sin emitir palabra. Descubrió el demonio que todos llevamos dentro.

Pesadilla

Un ruido lo despertó, asustado se acurrucó bajo el cobertor. Sufría de pesadillas y su papá lo regañaba cuando los despertaba en las madrugadas

—Ya eres un hombrecito —le decía.

Desde entonces, su mami para evitar discusiones, le dejaba una débil luz encendida en el pasillo. Ahora escucha nuevamente ruidos que provienen de la cocina: una gaveta al abrirse, el agua del grifo. Se animó: «debe ser mamá, y seguro me prepara una deliciosa taza de chocolate». Con solo imaginarlo lo saborea en su paladar. Camina despacio por el pasillo para evitar despertar a su papi. Abre la puerta de la cocina, la impresión le impide gritar, con su semblante aterrado y las piernas inmóviles, contempla la escena: su padre sudoroso lo mira fijamente, tiene un cuchillo en la mano, mientras con la otra, sostiene sobre la meseta la cabeza ensangrentada de su madre.

Aplica lo que predicas

En primera plana vieron la noticia: «El psicólogo Carlos Velázquez sentenciado a cadena perpetua». Sus colegas en la oficina comentaban el suceso:

—No puedo creerlo, era un buen hombre, muy educado. Incluso impartía seminarios sobre control de la ira.

La empleada de limpieza, que estaba escuchando, interviene en la conversación:

—Descubrió a la esposa en la cama con un joven músico y peor aún es que le sustrajo todo el dinero del banco para comprarle un apartamento al amante. Entonces el psicólogo perdió el control y ¡pum! ¡pum! les vacío la pistola. Si a ustedes les pasara lo mismo ¿qué harían?

Silencio total.

Sabias palabras

El poeta no lograba vender sus poemarios, entonces recordó la famosa frase del Quijote: «El año que es abundante de poesía, suele serlo de hambre».

Jesús de Nazaret

Todos a la expectativa de la venida del hijo de Dios, que sin avisar recorrió las calles de una ciudad cualquiera. Él, quien se había sacrificado por sus hijos en pos de un mundo mejor, quería comprobar sus enseñanzas. Vestido de harapos se sentó a pedir limosnas en la entrada de una iglesia. Al salir, la mayoría de los llamados fieles, evitaban mirarlo. Iban vestidos de ropas glamorosas, exhibiendo sus alhajas y ostentando con palabras sus posesiones.

Varias madres con expresión de rechazo regañaban a los niños que en su inocencia se acercaban al señor. La mayoría de las personas pasaban indiferentes para evitarse problemas. Defraudado siguió su recorrido, y ante sus ojos desfilaron como en la pantalla de un cine, escenas de guerras, violencia, miseria, corrupción, avaricia, traición, enfermedades, muerte.

La magia de la tecnología concedida para unir a los humanos alejaba a los familiares cercanos. La flora, fauna, y la tierra lloraban. Los bellos ríos estaban contaminados, el aire viciado de químicos lo ahogaba.

Jesús, enjugó sus lágrimas y se regresó. Algunos lo siguen esperando.

Apacible

Soñé que soñaba y en ese sueño, también estaba soñando.

Escasa mano de obra

Su hijo estaba desaparecido por varios días, Lisandra, no hallaba qué hacer para encontrarlo. El FBI investigaba, se hicieron grupos de búsquedas y publicaron la foto en los medios de prensa. Desesperada asistía a diario a la iglesia para orar. Allí estaba Josefa, la abuela como le decían, era una ferviente creyente, siempre anima y ayuda a los que sufren. Lisandra llorando comienza a cuestionarle a Dios:

—¡Mi hijo es solo un niño! ¿Cómo es posible que Dios permita que les pasen estas cosas a los inocentes?

Josefa suspira, trata de encontrar la respuesta que le incentive la esperanza:

—Debes tener paciencia, quizás hay tanta maldad que no alcanzan los ángeles.

El héroe

Se mantenía feliz y animado. Su mente en un camino sin retorno fantaseaba con mundos paralelos, donde él era el héroe.

Doble cara

Llama su atención verlo tan chiquitico y desvalido, lo acariciaba mientras le dice:

—¡Qué bonito! tienes una naricita tan graciosita y esos ojitos traviesos.

Gruñido.

—¡Ay, maldito asqueroso…! me arañaste! Con esa cara horrible. ¡Qué suerte que no eres mi gato!

Soledad

Mi llanto rompe el silencio de la soledad, el aire frío seca mis lágrimas. Quería que viviéramos juntos, lejos de la ciudad. Tú necesitabas la alegría de las fiestas y de las personas a tu alrededor. Decidí abandonarte, estar a solas conmigo para entender mis sentimientos.

Los copos de nieve caen sin parar, el viento golpea con fuerza las ventanas. Ni siquiera el calor de la chimenea me reconforta contra el frío que embarga mi alma. Hoy, añoro el bullicio de la ciudad y desesperadamente ¡te extraño!

Penitencia

Entró en el confesionario:

—Padre hoy voy a matar a un hombre, dígame la penitencia.
—Hijo debemos hablar, quizás eso no es necesario, ¿cuál es el pecado de ese hombre?
—Es un pederasta, y lo que me hizo me ha consumido por diez años.
—Te estaba esperando.

En la iglesia se oye un disparo.

Futuro

El profeta predijo: «*Los hombres van a exterminar a la mayoría de los animales y la humanidad va a desaparecer de la faz de la tierra, debido a una guerra nuclear*». Lo que no advirtió el sabio es que las cucarachas escondidas y pacientes, siguen esperando.

Solo ella

Ella sabía manipularme, inteligente para mantenerme a raya, darme el premio, o simplemente dejarme con el deseo.

Acuerdo conveniente

Los padres acordaron el matrimonio, querían consolidar las fortunas millonarias y los títulos nobiliarios. Luego de terminar la ceremonia nupcial, los dejaron solos. La joven frustrada rompió en llanto y le dijo a su esposo:

—Por favor perdóname, pero no pienso tener intimidad contigo, no te amo. Me forzaron a casarme, pero estoy enamorada de mi chofer.
—¡Qué suerte!

Le contestó el marido, con una expresión de satisfacción.

—A mí no me gustan las mujeres y también estoy enamorado de mi chofer.

Se miran con complicidad, tomados de las manos comienzan a brincar de alegría, mientras dicen al unísono:

—¡Podemos llegar a un acuerdo!

Cuenta pendiente

Estaba en el computador revisando los mensajes, quedé espantado cuando recibí un correo de Rebeca:

—Daniel, mi amor, sabes que no puedo seguir sin ti. Te paso a recoger el domingo a las 3:15 de la tarde.

La fecha del mensaje es de ayer sábado. La única Rebeca que conozco era mi exnovia, a la que dejé plantada en el altar y traumatizada se suicidó. ¡Son las 3 de la tarde!

Decisión apresurada

La venta era muy escasa. Temeroso de arruinarse vendió barato su almacén de productos y accesorios para el cabello, ya que hombres y mujeres estaban llevando la cabeza rapada. En la mañana cuando leyó el periódico comenzó a llorar, la moda para ambos sexos llegó de España, ahora se lleva la melena larga y variados colores en el cabello.

El monstruo

La niña juega con sus muñecas sobre la cama. Su padre se asoma en la puerta del cuarto, le dice que es hora de dormir y apaga la luz. Abraza a Rebeca, su muñeca preferida. Temblorosa mira la entrada a su habitación y piensa:

—Ahorita él viene para hacerme daño, es el monstruo, quiere engañarme, y se disfraza con la cara de mi papi.

Sueños

Los sueños los vamos envasando en cápsulas y los colocamos etiquetados por sus nombres en la distancia. Tenemos acceso a verlos, recrearlos. Sin dudas están al alcance de las manos. Solo hay que elegir los preferidos, sin desviar la mirada, perseverando, dar algunos pasos, el terreno para todos es diferente. Entonces, extendemos lo suficiente las manos y los tomamos. Algunos indecisos no dan el primer paso, otros quedan a mitad del camino. Muchos mueren satisfechos.

El que no oye consejo...

El esposo decide sembrar una mata de coco para disfrutar de su sombra, pero su esposa se opone, le dice que es peligroso. Luego de una discusión acalorada se sale con la suya. Pasan los años y por leyes de la vida, su señora muere. Esa misma semana de la dolorosa tragedia, se sienta bajo el cocotero, sonriente recuerda la preocupación de ella, no tiene tiempo para más, justo le cae un coco en el centro de la cabeza ¡matándolo!

Libre

La joven se levanta temprano para acudir a la universidad junto a su familia. Hoy se gradúa como arquitecta. Su tesis de grado obtuvo el primer lugar y este año ha disfrutado dos relaciones amorosas muy intensas que, aunque uno de ellos le hizo una propuesta de matrimonio, por Dios: ¡No! Esa idea ni se le ocurre. Tiene planeado viajar el mundo y diseñar futuristas edificios de alta tecnología. Mira las caras de satisfacción de sus padres y exclama:

—¡Cómo hemos cambiado las mujeres!, ¿quién necesita un príncipe azul?

Precoz

Los niños retozan en el patio bajo la vigilancia constante de la abuela, quien previene los peligros o evita peleas entre ellos, los regaña de vez en cuando. La nieta más pequeñita se le acerca y con sus manitas le acaricia el rostro.

—Abuelita yo quiero curarte tu carita.
—No estoy enferma, solo viejita. Esas arrugas representan el paso de los años —respondió la abuela, mientras que la niña se sube al regazo de su abuela y pregunta:

—Y a ti ¿quién te cuida? Tú no tienes padres, ni abuelita.

Rating

Una tenue luz ilumina sus bellos cuerpos desnudos y entrelazados en la cama, acompasados en un frenético movimiento de caderas. Saborean el edulcorante sudor de sus cuerpos mientras se besan en la boca, el cuello, las orejas. Él con sus manos recorre sus curvas y se detiene en sus exuberantes senos, acariciándole los pezones rosados, mientras la mira apasionadamente a los ojos para verla disfrutar del momento. Muerde sus labios, sopla su oreja. Ella lo presiona contra su rostro para musitar palabras inaudibles a su oído, él jadeante la obedece acelerando aún más los movimientos pélvicos, mientras los gemidos aumentan, antes de llegar al clímax se oye una voz.

—¡Corten!

Encienden las luces del set de filmación.

Volveré

A la espera de sus largos viajes por todo el mundo, con el cálido adiós de un beso, me sostenía su promesa: ¡Volveré! Al faltar pocos días para su regreso, siempre, sin fallar, me enviaba un bello ramo de rosas blancas. Ese verano llegó a mi puerta un hombre vestido de negro, y como el color de sus ropas, era la triste noticia que portaba: «El barco donde viajaba, había naufragado, no hay sobrevivientes».

Por dos años el dolor y la tristeza embargaron mi existencia, hasta que una mañana nuevamente, y durante los siguientes años, me sigue llegando el ramo de rosas blancas. ¡Yo, lo sigo esperando!

ÍNDICE

Toque al corazón del lector/ 9
Honrar la vida/ 11
Afuera, algo lo llama/ 12
Ella y Yo/ 13
Identidad/ 14
Necesidades de un ángel/ 14
Antesala a la muerte/ 15
Infanticidio/ 16
Apetecible/ 16
Química del amor/ 17
Trofeos/ 17
Testigo/ 17
Utopía/ 18
El psíquico/ 18
Naturaleza muerta/ 18
Laberinto onírico/ 19
Pirómano/ 19
Miradas/ 19
Testimonio del tiempo/ 20
Los viajes del abuelo/ 20
Incompatibilidad de cuerpo y mente/ 21
Presumida/ 21
Muriendo lentamente/ 21
Memorias/ 22
Ausencia/ 22
Separación/ 22
Dualidad/ 23
Diamantes/ 23
Millonario/ 23
Chantaje emocional/ 24
Duda/ 24

Los olvidados/ 24
Sabia naturaleza/ 25
Arcángel Miguel/ 26
Cita para después/ 26
Decisión/ 27
Oda a la nostalgia/ 27
En busca del silencio/ 27
Redes Sociales/ 28
Tiempo/ 28
Extraterrestre/ 28
Muerto vivo/ 28
Dilema resuelto/ 29
Ocaso/ 29
Depende de la elección/ 29
Todo no es lo que parece/ 30
El Coco discriminado/ 30
Inocencia/ 31
El secreto de Avatar/ 31
Final/ 32
Cría cuervos/ 32
Desencuentro/ 33
Desde el otro lado/ 33
Manos/ 33
La Luz de sus ojos/ 34
Duda razonable/ 34
El último viaje/ 35
La mejor Luna de Miel/ 35
El campeón/ 36
Múltiples personalidades/ 36
Evidente/ 37
Buscando la mejor dieta/ 37
A las pruebas me remito/ 37
Mentira política/ 38
Sin disfrutar el premio/ 38

El elegido/ 38
El destino/ 39
Error garrafal/ 39
El diablo/ 39
Complicado/ 40
Avance cibernético/ 40
Consecuencias/ 40
Enamorada/ 41
Todo se acaba/ 41
Imprescindible e impredecible/ 41
El Don/ 42
La más deseada/ 42
Depende la hora/ 42
Noche de copas/ 43
Tal cual/ 43
Esencia/ 44
Dúo inseparable/ 44
Emitiendo energías/ 45
Nulidad/ 45
Estrategia publicitaria/ 45
Escritor suicida/ 46
Aires de grandeza/ 46
La obra de su vida/ 46
El gato con botas/ 47
Mirando diferente/ 47
Arrepentimiento/ 48
Instante/ 48
Ausencia/ 48
Resumen de la cotidianidad/ 49
La llamada/ 50
Evasión/ 51
Destino/ 51
Comunicación/ 52
No hay vuelta atrás/ 52

Incrédulos/ 53
Prisma/ 54
Coleccionista/ 55
Tangible/ 55
Reencarnación/ 56
Testigo de asesinato/ 56
Unos nacen para cumplir sueños, otros para inspirarlos/ 57
Sin adversarios/ 57
Latente/ 58
Fiel/ 58
Volvemos al principio/ 58
La vida sigue igual/ 59
Oficio/ 59
Identidad perdida/ 59
Paquete postal/ 60
Mala idea/ 60
Las pruebas/ 61
El peligro asecha/ 61
Temor oculto/ 61
Piel de cordero/ 61
Para seguir en casa/ 62
Resignación/ 62
Hogar/ 62
El buen samaritano/ 63
Vacío/ 63
Final feliz/ 63
Certero/ 64
¿Hay vuelta atrás?/ 64
Decepcionada/ 64
Buen corazón/ 65
Indecisión/ 65
El Ratoncito Pérez/ 66
Increíble/ 66
Sexo entre ángeles/ 66

El premio/ 66
El mayor miedo/ 67
Lo peor de envejecer/ 67
Oportuno/ 67
Lenguaje corporal/ 68
Lo que no se dice/ 68
Amorosa asesina/ 68
Ángeles caídos/ 68
Deseo mortal/ 69
Felices los tres/ 70
Virtud angelical/ 70
Soldados celestiales/ 71
Rival/ 71
Esposo fiel/ 71
Intuición/ 72
Divergencia/ 72
Presagio/ 73
Deseo concedido/ 73
¿Infidelidad?/ 74
Inconforme/ 75
Sin palabras/ 75
Navidad/ 76
Deseo navideño/ 76
Por culpa del pastel/ 77
El poder de las lágrimas/ 77
Prólogo/ 78
Terrorismo/ 78
El pianista/ 79
Fin/ 79
Sin identidad/ 79
Tiempo libre/ 79
Sin alternativas/ 80
Está aquí/ 80
Concientización/ 80

Mente científica de un hombre/ 81
Amigo imaginario/ 81
Voces del pasado/ 82
Sociedad/ 82
Zapatos de baile/ 83
Matrimonio/ 83
Bomba de tiempo/ 83
Sin arreglo/ 84
Más claro ni el agua/ 84
Mala suerte/ 84
Nuevos finales/ 85
Sin títulos/ 85
Ira/ 85
Pereza/ 86
Gula/ 86
Suposiciones/ 87
Impresión apresurada/ 87
No quiero herirlas/ 88
La cita/ 88
Devastados/ 88
No sé si hay un mañana/ 89
Límites/ 89
Existencial/ 89
Celos impredecibles/ 90
Descubrimiento/ 90
Pesadilla/ 91
Aplica lo que predicas/ 92
Sabias palabras/ 92
Jesús de Nazaret/ 93
Apacible/ 94
Escasa mano de obra/ 94
El héroe/ 95
Doble cara/ 95
Soledad/ 96

Penitencia/ 96
Futuro/ 97
Solo ella/ 97
Acuerdo conveniente/ 97
Cuenta pendiente/ 98
Decisión apresurada/ 99
El monstruo/ 99
Sueños/ 100
El que no oye consejo.../ 100
Libre/ 101
Precoz/ 101
Rating/ 102
Volveré/ 103

Con la Brevedad habitada *en la buena narrativa*, será impreso este libro en el mes de abril de 2018, en los Estados Unidos de América y para el mundo...

CPSIA information can be obtained
at www.ICGtesting.com
Printed in the USA
LVHW021211071121
702658LV00009B/1056